Zum Buch

Was geschieht mit dem Minotaurus, nachdem dieser in ein labyrinthartiges Verlies inmitten der Sterne verbannt wurde? Welche Abenteuer erlebt eine Wildkatze, die plötzlich der Wirklichkeit entrissen scheint, auf einer jenseitig anmutenden Insel? Wie kommt es zur schicksalhaften Begegnung zwischen einem Haifisch und einer Eule? Und verbirgt sich im Innern dreier miteinander verwachsener Eichen tatsächlich eine geheimnisvolle Bibliothek?

Ob Fabel, Märchen oder Legende: In ihrem nunmehr zweiten Lyrikband erzählt Topsy-Sophia Schmitt auf stets feinfühlige Weise ganz wundersame Geschichten, die meist demselben Universum entsprungen sind, und nicht selten aneinander anknüpfen. So vermittelt sie neue Perspektiven auf die Elemente von Natur, Zeit und Unendlichkeit oder damit verbundene Mythen. Ihre Gedichte sind klassisch, aber zeitgemäß. Und sie rufen ins Gedächtnis, dass wohl jeder Wahrheit auch ein Fünkchen Fantasie innewohnt.

*All den wundersamen Lebewesen der Erde und des Universums
gewidmet.*

Topsy-Sophia Schmitt

Minotaurus in den Sternen
Lyrische Legenden

tredition

© 2024 Topsy-Sophia Schmitt

Druck und Distribution im Auftrag der Autorin:
tredition GmbH, Heinz-Beusen-Stieg 5, 22926 Ahrensburg,
Deutschland

ISBN
Paperback   978-3-384-15926-7

Ein Hinweis vorab...

Das alphabetische Verzeichnis der Lebewesen befindet sich
am Ende des Buches.

Wer an bestimmten Phobien (Arachnophobie o.Ä.) leidet,
möge sich an besagter Übersicht orientieren und die
jeweiligen Gedichte bei der Lektüre überspringen...

… oder besonderen Mut beweisen und die Texte dennoch lesen.

Phänomene vergangener Tage

Zu älterer Zeit schnellten stählerne Ungetüme
Wohl angefacht vom Feuer tausender Lavaströme
Schallend durch solch ewig finstergrünes Waldgeflecht
Entlang glühender Geleise bei sanftem Morgenlicht

Derweil lebt die weise Füchsin an jenes Weges Ende
Erzählt lernwilligen Enkeln vom Geheimnis der Wende
Da Menschen im Innern trojanischer Schlangen einst reisten
Bevor rostige Schienenpfade unverhofft verwaisten

Von Eiche zu Buche verbreiten ihre Lehren sich
Spöttische Vogelscharen besingen längst allmorgendlich
Wie ein schöpferisches Phänomen, als Technik benannt
Kaum weniger denn drei Dekaden dem Zerfall widerstand

Nymphe des Waldes

Im Walde die Nymphe ruht und wacht
Ihr Atem sanft, ihre Seele rein
So lauscht sie gar in finsterer Nacht
Dem pulsierenden, sterblichen Sein

Sie wahrt den Strom des Lebens stetig
Streift unscheinbar durch ihr grünes Reich
Und umsorgt die Geschöpfe gütig
Im Walde nämlich sind alle gleich

Entflammte Seele

Frühmorgens streift ein Mädchen mit feurig roter
Haarespracht

Das solch schlaftrunkener Sonne gar vergnügt
entgegenlacht

Voll träumerischer Sehnsucht durch des Dorfes schmale
Gassen

Bald jäh erblickend, welches Wunder ihm wurd'
hinterlassen

Ein einsamer Schmetterling sitzt schier erstarrt am
Brunnenrand

Verblichen scheint sein einstmals smaragdgrünes
Gewand

So ähnelt jener der Skulptur im Grau entrückter
Tage

Erleidet ein diffuses Schicksal, doch äußert keine
Klage

Höchst entzückt bestaunt das Mädchen sogleich des Falters
Schwingen

Während Stunden im Sekundentakt dem Uhrwerk
entspringen

Und führt auf sanften Händen ihn nah sich zu
Gesichte

Da erstrahlen die Flügelchen ganz scheu im
Sonnenlichte

Als dies zarte Geschöpf sodann ein Haar voll rotem Glanz
berührt

Wobei es kindliche Gedankenwelten urplötzlich
erspürt

Entflammt abermals sein beinahe erstorbenes
Gemüt

Der alten Rose gleich, die munter in verjüngter Tracht
erblüht

Seither flaniert das Mädchen stolz an frohen Tagen
immerdar

In Begleitung eines Wesens mit rotfunkelndem
Flügelpaar

Vereint erleben sie gar viele süße
Sommerstunden

Denn ihre Seelen bleiben fortan ewiglich
verbunden

Bibliothek der Eichhörnchen

Drei auf ewig am Stamme verschmolzene Eichen
Rasten seit vierzig Dekaden an des Waldes Wegen
Sie behüten ein Mysterium ohnegleichen
Da Geschöpfe im Innern wahre Schatzkammern pflegen

In Wandnischen lagern Schriftrollen aus vergang'nen Zeiten
Selbst Legenden, die von Baumgeist oder Bachnymphe
künden
Und jungen Siebenschläfern den Pfad zur Weisheit geleiten
Wenn Krähen derweil literarische Höhen ergründen

Kleinste Möbelstücke sind jenem Holz entsprungen
So scheint es beinah' manchem Puppenhause
nachempfunden
Mit Wendeltreppen, filigran empor geschwungen
Bleibt die Bibliothek aber dem Erdreich angebunden

Und tief drunten, in heimeliger Wurzelkammer

Schreiben flinke Hörnchen alte Geschichten nieder

Vieles ward überliefert durch des Windes Gejammer

Doch bald klingt solch Vergessenes aus frischen Lettern
wider

Im Frühling wandern Tiere dann von fernher zu den Eichen

Da Wesen des Waldes ihr Geheimnis weiterreichen

Älteste des Inselreiches

Ein verträumtes Inselreich, urtümlich und frei
Scheint schier ewiglich in des Ozeans Obhut geborgen
Weit abgeschieden von menschlichem Stolz samt Tyrannei
Verfängt Leben dort niemals sich in weltlichen Sorgen

Während gleißende Sonnenstrahlen ihr Gemüt erhellen
Schleicht eine alte Dame von höchst imposanter Gestalt
Kaum mehr berauscht vom lieblichen Flüstern der Wellen
Durch heimatlichen, wohlig lichterfüllten Tropenwald

Als Eremitin, die seit jeher schwere Rüstung trug
In welche niemals ein Raubtier fremde Kerben schlug
Und einzig Verbliebene aus entschwundenem Stamme
Schützt sie fortwährend das Licht ihrer innersten Flamme

Ihr Paradies scheint von der Weltgeschichte gänzlich
unberührt

Obgleich sie längst den Fluss der Zeit tief und schwer im
Herzen spürt

Keine Finsternis wird ihr seliges Sein jemals gefährden

Doch sterblich bleibt selbst die älteste Schildkröte auf Erden

Lokomotive auf Abwegen

Eine Lokomotive, die jüngst im Nirgendwo verschwand
Tüchtig geschmiedet ursprünglich von menschlicher Hand
Rollt vor irrealen Traumkulissen derweil gen Westen
Längst vereinnahmt von geheimnisvollen Reisegästen

Da flauschige Wesen stets ihre Behaglichkeit schätzen
Schlummern jene meist auf himmlisch weichen Polsterplätzen
Solch autarke Katzenschar, die unbeschwert nach Ferne strebt
Wo mancher Waggon dem irdischen Kosmos gar entschwebt

Den Menschen entrissen, doch von magischen Kräften erfüllt
So saust das stählerne Ungetüm nun unbeirrt und wild
Durch verschlafene Gefilde, tut bloß an Bahnhöfen Rast
Deren einstiger Glanz im Dunst des Vergessens schon
verblasst

Und entflohene Tigerchen auf verschwiegenen Tatzen

Bisweilen dem Bedürfnis nah, alte Polster zu zerkratzen

Sind als zusteigende Passagiere immerdar willkommen

Wenn süße Reisesehnsucht gleich einem Feuer scheint
erglommen

Alte Dame

Immerzu verweilet still die älteste aller Damen
Auf stets selbiger Veranda, im Kalten wie im Warmen

Meidet lästigen Schlaf, verbietet strengstens sich ein Räkeln
Möcht' mit emsigen Händen bloß am längsten Schale häkeln

Sie leugnet Vollendung und sinnt auf ewiges Verrichten
Als bildeten ihre Maschen den Rahmen für Geschichten

Ihr Schicksal ist nicht mit Ahnen oder Enkeln verwoben
Und niemand wird ihr sorgfältiges Schaffen jemals loben

Doch empfindet sie nicht Mühe, nicht Verzückung und nicht
Leid
So kennt und fürchtet sie ein Jeder...

Die alte Dame Zeit

Tanz in den Mai

Die Eichhornchroniken künden von glückseliger Tradition
Seit zaghaft zerronnener Zeitepoche nimmermehr gepflegt
Solch fröhliche Nymphe saß dereinst auf edlem Birkenthron
Alljährlich vom Temperament des holden Frühlings angeregt

Sie brachte Wesen, die höchst ungleichen Familien
entstammten
Als traute Gästeschar zusammen zum Tanz in den Mai
Worauf selbst stille Gemüter bei Mondenschein entflammten
Im stimmigen Rhythmus ihres Waldes gar vergnügt und frei

Schlafeslust schien kaum geduldet zur wild pulsierenden
Nacht
Da berührten Füchse im Bewegungstaumel den
Sternenhimmel
Und Leuchtkäfer erfüllten das Nymphenreich mit greller
Farbenpracht
So verschmolz die Waldgemeinschaft zu munter tosendem
Gewimmel

Gefürchteter des Meeres

Entgegen der Tiden trieb ein Haifisch gar verloren im Meer

Seiner Familie jüngst beraubt durch des Unholds
blutbefleckten Speer

So schien dem einzig Verbliebenen bloß Einsamkeit
beschieden

Da Wesen allseits ihm misstrauten und Begegnungen
vermieden

Nirgendwo geachtet oder schlicht als Individuum verstanden

Dessen Artverwandte jenen Tiefen derweil gänzlich wohl
entschwanden

Obgleich tröstende Wogen die große Fischgestalt umstrichen

War selbst im Atem des Ozeans jede Hoffnung bald
verblichen

Doch nach hundert schweren Tagen unter zartblauem
Firmament

Schwamm der Suchende nah dem unvertraut pulsierenden
Kontinent

Eine Seepassage lud ihn dort in solch wundersame Grotte ein

Mit hochprangendem Gewölbe voll imposant funkelndem
Felsgestein

Erstaunt emportauchend aus dem azurn schimmernden
Meeresbecken

Spiegelte der Haifisch sich wider in den argwöhnischen
Blicken

Jener graugefiederten Nachtwächterin einstiger Waldgefilde

Majestätisch erhoben im Schatten abstrakter Höhlengebilde

Kein leiser Hauch von Furcht erweichte ihr strenges, schier
starres Gesicht

Leicht verzerrt bloß durch unsanft hineinströmendes
Sonnenlicht

Da besagte Waldeule niemals gute Gesellschaft verschmähte

Und obendrein des Gefürchteten milde Seele längst erspähte

Erbot sie sich, dem Besucher ihren alten Flügel gar zu reichen

Mochte geschwisterlich ihm über seine scheuen Flossen
streichen

Woraufhin beide viele traute Tage noch gemeinsam verweilten

Als höchst ungleiche Geschöpfe, die manch ähnliches
Schicksal teilten

Minotaurus in den Sternen

Dort droben am Firmament, wo die Sterne schon erloschen
Irrwandelt der Minotaurus gleich einem beseelten Fossil
Das Schicksal jener Kreatur scheint unlängst beschlossen
Ihren Zweck seither erfüllend in des Meisters schäbigem Spiel

Dem Monde Minos entstammend, doch aus trauter Heimat
verbannt
Da der Minotaurus von einstiger Familie ward entzweit
Zerreißt sein Groll, wahrlich im Herzen eines Stieres
entbrannt
Allmählich gar das Gefüge kosmischer Unendlichkeit

Eh' dieses Universum vollends aus seinen Fugen fällt
Ersuchen manche den Stiermenschen zum tödlichen Duell
Doch bald ist solch kühner Stolz in Furcht wie mürbes Glas
zerschellt
So ihre Seelen fortan das All durchschweifen,
rastlos und grell

Aber der Meister von Minos genießt sein perfides Spektakel

Als Erbauer des Labyrinths unweit schwach funkelnder
Gestirne

Bloß das Stierwesen bleibt im finstren Spiele ein tragisches
Mirakel

Und sein Leiden erschüttert die Galaxis in tiefstem Kerne

Königin der Venus

Als im Sonnengefüge um Minos manche Unruh' tobte
Zerbrach zwischen zwei Geschwistern das Band innigen
Vertrauens
So die Erstgeborene gar zornig den Aufstand erprobte
Jenes Volk zu erretten aus einer Epoche des Grauens

Dank seligem Geschicke knapp der Hinrichtung entronnen
Reiste die Schwester mit gestohlener Himmelsfähre
Zum fernen Sternenreiche, das ihr herzlich war gesonnen
Um ein Matriarchat zu formen aus Ödnis und Leere

Bald als gutmütige Königin der Venus bekannt
Ließ sie kaum mehr kostbare Raumeszeit verstreichen
Getreue Kämpferinnen wurden gen Minos entsandt
Den tyrannischen Bruder vom Throne zu reißen

Auf Geheißen der venusianischen Herrscherin
Ward einst verbanntem Minotaurus süße Freiheit beschert

So blieb dem Gepeinigten zum würdevollen Neubeginn

Ewige Zuflucht und Verpflegung im Palaste gewährt

Da alle Macht des grausamen Gebieters schien verblichen

Drohte zeitlebens ihm Unrast im entseelten Labyrinth

Vom gleichen Schicksal war jüngst der Minotaurus
abgewichen

Weil selbst tragische Legenden zum Gerechten wendbar sind

Die werte Matriarchin sah nach dem Bruder nimmermehr

Doch einmal wandelten Kriegerinnen zu gespenstischer Nacht

In unruhig pulsierendem Geflechte von Irrwegen umher

Und erspähten reine Schönheit anstatt der Niedertracht

Ein einsamer Schmetterling segelte auf goldglänzenden
Schwingen

Zarte Flügel trugen des Stieres Kopf als schmückendes
Emblem

Der Unhold schien entschwunden und Granit allmählich zu
zerspringen

So erstarb das Labyrinth am Ende wie antikes Diadem

Lionella, Tigerin der Venus

In Einöden der weit entfernten Venus geboren
Schien ein schwarzes Kätzchen tief im Sternendunst verloren
Bis es einst von gutmütiger Hexe ward gefunden
Schrecklich ausgezehrt und vom Schmerze umwunden

Die halbmenschliche Dame mit feuerroter Haarespracht
Gab seither stets, dem Argus gleich, auf ihr einzig Kindlein
acht
Jenes wuchs allmählich zur grazilen Tigerin empor
Welche mit Muttern gemeinsam sich der Magie verschwor

Als wohl imposanteste Katze dreier Galaxien
War ihr nunmehr der Name Lionella verliehen
Ein Auge funkelte immerfort in smaragdenem Grün
Ihr andres glich rotschimmernd dem reinsten Rubin

Meist ward das Raubtier am flauschigen Schweife erkannt

Der schier bedrohlich sich um Gruppen von Schauenden
wand

Nah dem Schatten der Anakonda, von solch wundersamer
Länge

Trieb jener ärgste Feinde flink in Lionellas Fänge

Manchmal tat die Tigerin bloß Lust am Müßiggang bekunden

Und verbrachte hoch im Hexenturme selige Stunden

Auf wolkig weichem Schlummerkissen, leicht zerbissen wie
zerkaut

Da reich gefüllt mit venusianischem Katzenkraut

Fremde jedoch trachteten nach Lionellas Leben

Lauerten ihr morgens auf in finsterem Bestreben

Denn die Tigerin der Venus galt als schillerndes Juwel

Mit gemischtem Augenpaar anscheinend unnahbar und kühl

Die junge Hexe aber braute den mächtigsten Trank

Aus Windesbrisen, Wildkräutern und mancherlei Gerank

Um das einstige Findelkind ob aller Gefahren
Vor feigem Raub und gnadenloser Arglist zu bewahren

Niemand brach je den schützenden Zauberbann
Deshalb flanierte Lionella weitaus tapferer fortan
Durch ihr verträumtes Heimatdorf unter grell funkelnden
Sternen
Oder schlief ganz friedlich dort im Lichte festlicher Laternen

Doch die langschwänzige Katze war weit über den Rand
Ihres kleinen Hoheitsgebietes hinaus bekannt
So pflegten Individuen beider Hemisphären
Lionella als lebende Legende zu verehren

Heute künden bloß Schriften aus erstorbener Zeit
Von venusianischen Tagen voller Seligkeit
Die Stimme jener Hochkultur scheint längst verklungen
Ihr Geist aber spricht noch aus Erinnerungen

Sternreisende bergen derweil das gebündelte Wissen
So wird der leblosen Venus das Gedächtnis entrissen

Bald haben die zweibeinigen, gar wundersamen Wesen

Lionellas Geschichte als wertvoll auserlesen

Während sie gläserne Kugeln über den Köpfen tragen

Samtweiche Ohren tarnend, die empor zur Sonne ragen

Bleibt manch buschiger Schweif zugleich sorgsam verhüllt

Sanft eingefasst im Schutzgewand aus ferner Katzenwelt

Vermächtnis einer Hochkultur

Mit des Moderlieschens tänzelnder Leichtigkeit treibt
Ein güldener Ring schier verloren zwischen den Welten
Vor tausend Venusjahren schon dem Kosmos einverleibt
Als blasse Sterne das Firmament in Trauer hüllten

Eine Hochkultur, getragen von friedliebenden Seelen
Versank auf ewig längst im Strudel der Vergänglichkeit
Zurück blieb bloß jener Ring, reich an funkelnden Juwelen
Einst geschmiedet als List wider die Vergessenheit

Denn im Innern verbirgt sich der Weisheit größtes Mosaik
Ein Meer reinen Wissens fließt darin zu vielen Ufern fort
So bewahrt des Universums geheimste Bibliothek
Jedes jemals geschriebene venusianische Wort

Geschichten des Waldes

Im Holze der strammen Buche wohnt ein Geist
Sich zäh im Wurf des fahlen Lichtes nährend
Leitet sein Wort durch des Baumes Kehle dreist
Doch seine Geschichten sind immerwährend

Unter Menschen kostete er das Leben
Bis er dann ins Greisenexil wurd' verbannt
Nun bleibt, von kleidsamen Moosen umgeben
Der einsame Wald sein letztes Schlafgewand

Käfig aus Seide

Aufgeschreckt zu später Stunde
In meinem stillen Schlafgemach
Spürte ich, aus welchem Grunde
Das feine Traumgeflecht zerbrach

Meine Haut umhüllt von sanftem Stoff
Ein Handwerk seltener Eleganz
Ihre Künstlerin aber verhielt sich schroff
Und verschnürte mich als Seidenkranz

Die Magierin ließ sich nicht halten
So erklomm sie meine Kehle gar
Begann, den Strick um mich zu falten
Doch verblieb ich reglos, wehrlos, starr

Plötzlich erhaschten meine Sinne
Ein Flattern heroischer Gefieder

Der Retter trug hinfort die Spinne
Und sang sich kühne Heldenlieder

Am Ende schien ich geborgen dann
Bis mich die Furcht arg übermannte
Sie krochen aus allen Ecken an
Und häkelten wie Altbekannte

Magischer Wintereinbruch

Eigentlich wollte ich, schrecklich schlafestrunken
Eine Träumerin bloß unter vielen sein
Derweil nun in Seide verheddert wie versunken
Blickten meine Augen arg verängstigt drein

Doch die schaurige Geschichte mag tröstlich enden
Da inmitten jener Nacht der Winter brach ein
Bei offenem Fenster und betagten Wänden
Drang manch frostiger Wind in meine Stube hinein

Die Schneiderinnen aber klagten nimmermehr
Und schufen nichts, weil sie allesamt zu Eis erstarrt
Süße Freiheit war nah, mein tiefstes Begehr
Das feine Garn erstarb, so riss jedwede Naht

Endlich entwirrt dürstete mir nach reiner Luft
Da trat ich bibbernd in eine fremde Welt hinaus

Unser Dorf trug des Winters schneeweiße Kluft
Bloß zart umsponnene Häuser erfüllten mich mit Graus

Achtbeinige Geschöpfe von monströser Statur
Lagen reglos darnieder in eisiger Haft
Von Frostkristallen umschlossen, wahrlich obskur
Schien gescheitert das Bestreben der Spinnenherrschaft

Die Najade kehrt heim

Die Najade kehrt heim nach langer Zeit
Einst in den Tiefen des Waldes verschwunden
Doch da sie niemals an Erde gebunden
Sank bis zur Wurzel ihr triefendes Leid
Und Baumgeister wiesen der Nymphe den Weg
Des Nachts durch das finstergrüne Labyrinth
Die azurblauen Augen sahen's geschwind
Entfernt erglomm ein einsamer Ufersteg
Flammende Kränze, im Jenseits gewoben
Erhellten den kleinen verborgenen See
Jäh verstummte ihrer Seele letztes Weh
Da sie in heilsame Sphären erhoben

Das unendliche Gedicht

(in verkürzter Form)

Erster Riss

Eine Dschungelinsel gleitet machtlos gar inmitten der Galaxis

Denn im Gefüge aller Raumeszeit entstand dereinst ein Riss

Und solch kolossaler Karpfen von kirschrot schimmernder
Schuppenpracht

Hütet dies ewig grüne Reich seitdem bei immerwährender
Nacht

Obgleich der Unglücksfisch in Süßgewässern neue Heimat
fand

Haben Kräfte des Zufalls allein ihn wohl dorthin verbannt

Wo gelebte Unendlichkeit weit mehr denn Einsamkeit
bedrückt

Jene Arche scheint nämlich aller Ordnung schier entrückt

Teichrosen jedoch, die unter dunklem Firmament erblühen

Bringen des Karpfens erloschenes Gemüt wieder zum Glühen

So schubst er seine Liebsten stets voll inniger Passion

Samt Blatt und Stiel in wundersam durchdachte Formation

Da entsteht im tiefen Kosmos jäh ein flammendes Gewimmel

Und das Bildnis eines Karpfens erstrahlt hell am
Sternenhimmel

Doch schnell erstirbt sein Lichterglanz im Sog ewiger
Einsamkeit

Zurück bleibt bloß ein neuer Riss in dem Geflecht der
Raumeszeit

Was die Geschichte uns lehrt, ist schwer zu erfassen

Den Lesenden sei wenigstens ein Schlusswort hinterlassen:

Zwischen Vergänglichkeit und unendlichem Sein

Erwächst unverhofftes Leben ganz ungemein

Zweiter Riss

Eine Dschungelinsel gleitet machtlos gar inmitten der Galaxis
Denn im Gefüge aller Raumeszeit entstand dereinst ein Riss
Und solch molliger Manati hält stets einsame Wacht
Selig tänzelnd bei azurblau gespiegelter Nacht...

Madame E...

Sie badet im Flusse der ewig währenden Jugend
Sich einer schier unerreichbaren Bestimmung fügend
Scheut jedwede Begegnung mit der alten Dame Zeit
So wächst und gedeiht ihr Glaube an Vollkommenheit

Selbst flicht sie Zöpfe sich am Muschelstrande draußen
Denn kein Wesen darf dies rubinrote Haar zerzausen
Ihr Bildnis ward gemeißelt in den prächtigsten Stein
Doch Schöpferin wollte bloß sie alleine sein

Mit echten Rosen bestickt ist ihr schönstes Seidenkleid
Und Menschen kennen sie gemeinhin als...
Madame Eitelkeit

Ein unerwarteter Besuch

Nachdem er hundert holprige Hügel hat erklommen

Dann voll Erschöpfung vierzig einsame Sümpfe
durchschwommen

Erreicht ein Wanderer, beherrscht von Wissbegier und Leid

Die heimelige Behausung der alten Dame Zeit

Im Schaukelstuhle verweilend empfängt sie den Gast

Auf schneebedeckter Veranda und fern jedweder Hast

Serviert der aschfahlen Gestalt heilsamen Kräutertee

Zum schrillen Sturmesheulen über dem eisigen See

Sie spricht: „Warum bist du in diese Ödnis geflohen?

NICHTS erwartet dich hinter todbringenden Bergeshöhen."

Aber der Suchende erwidert, von Ehrfurcht erfüllt:

„Ich hoffte, dass ihr meinen Drang nach Antworten stillt!"

Die Dame horcht und häkelt zugleich am Schal der
Geschichten

Denn grobe Zerstreuung würde besagtes Werk vernichten

„Mögt ihr umkehren der Zeiten Fluss? Dies einzig' Mal bloß?
Mancher Verlust von Vergangenem ist ein solch hartes Los!"

Mit schmerzverzerrter Miene ihm jene Bitte entfleucht
So die gerührte Gastgeberin gar selig keucht
"Ich müsste Maschen auftrennen und später wiederbringen
Doch die getreue Replik würd' mir nimmermehr gelingen"

„Mein unermüdliches Garn erzählt im Dunkeln wie bei Lichte
Eine kaum begreifbare, da niemals endende Geschichte
Glaube mir, das Werk bedarf der ewigen Verrichtung
Darum gestalte DEINEN Lebensweg durch eigene Dichtung!
Solch winzig' Menschenschicksal nämlich ist nicht
vorherbestimmt
Es dauert bloß ein Weilchen, bis abermals dein Herz erglimmt"

Und nach einem Tomatenbrot als Abschiedsspeise
Entlässt sie den Wanderer auf seine nächste große Reise

Zicklein bei Hofe

Ein Zicklein schnuppert dreist am hoheitlichen Rosenstrauch
Welcher gar feindselig sich um stählerne Pforte windet
Denn bloß vom Teuersten kosten, dies verlangt der Ziege
Bauch
Bevor manch roher Schrei von des Gärtners Jähzorn kündet

Ob kirschrote, schneeweiße oder zartrosa Blüten
All jene sind dem gräflichen Besitztum rasch entrissen
Doch sobald solch lautes Wiehern schallt aus Adelsgestüten
Darf sich fernab das Zicklein wieder in Mutters Obhut wissen

Morgen der Rache

I

Gleich einem Schattenriss am rot gestreiften Horizont
Trug solch sinistre Formation kleiner Vampirgestalten
Den Adelsherrn, welchem stets das prunkvolle Leben war
vergönnt
Zu höchsten Gipfeln empor, bis all seine Schreie verhallten

Immerdar bloß von Prestige und schnödem Reichtum
besessen
Sühnte der Graf jenes Morgens für manch übles Vergehen
Sein grünes Refugium nebst adretten Zypressen
Vermochte er gewiss nimmermehr wiederzusehen

II

Von leidgeplagten Pferden im Geheimen angeklagt

Da diese ihn allzeit gefürchtet als groben Tyrann

So schien sein bitterkaltes Herz an Wut und Herrschsucht
noch erstarkt

Doch mimte er bei großem Festbankett den ehrbaren Mann

Als der Graf äußerst wachsam durch sein Gartenreich
stolzierte

Wo ein verirrtes Kätzchen gar um teure Rosenbeete schlich

Ergriff jener die Heugabel und schwang sie gleich dem
Schwerte

Verängstigte das Wesen tief, obschon es mühelos entwich

Die scheinheilige Kulisse seiner abgeschiedenen Welt

Wurde harsch verteidigt gegen alles ihm Verhasste

Wahrlich bestand dieses Idyll fort unter dem Himmelszelt

Als das letzte Porträt des Entführten bereits verblasste

III

Seitdem der Graf war verschollen, umsorgte dessen junge
Nichte
Voll freundschaftlicher Zuneigung die werte Pferdeschar
Den draußen stets erwünschten Katzen verlieh sie viele Rechte
Bloß des unliebsamen Onkels Schicksal ward niemals ihr
gewahr

Warum der Hausherr einst zu fernen Bergen fortgetragen
Und was am selben Morgen ihm womöglich war geschehen
Blieb als streng gehütetes Geheimnis aus alten Tagen
Über Generationen von Fledermäusen jedoch bestehen

Drei Schicksale

I

Ein schwarzfiedriges Phantom weilt allein auf hohem Gleise

Jenem schlafenden Ungetüm aus verworrenen Netzen

Einst erschlossen flinke Gondeln diese himmlische Schneise

Doch mochte sich niemand der Zeitenwende widersetzen

Längst regiert Einsamkeit das verwunschene Paradies

Welches manchmal von gespenstisch dichtem Nebel ist
umhüllt

Seither hütet die Krähe ihr selbst erwähltes Verlies

Da solch versunkene Welt mit schöner Wehmut sie erfüllt

II

Wo Schauermärchen ursprünglich zum Leben erwachten

Trotzt ein samtweiches Wesen kühn der schieren Düsternis

Sobald Werwölfe aber nach des Katers Halse trachten

Entreißt er mit gewandtem Pfotenhieb gar manchem das
Gebiss

Jüngst entflohen aus böswilliger Menschenfamilie
Begehrt das Tigerchen die Ruhe nun im Schattenreiche
Schlummert in Charons Fähre nachts so sanft wie eine Lilie
Und frönt dem Traume selig auf irreal versumpftem Teiche

III
Nussbraune Augen erspähen die zerschlagene Vitrine
Zuvor verehrt als Hort zuckersüß prangender Juwelen
Derweil erstarb selbst das Odeur erwärmter Mandelpraline
Bloß ein zaghaftes Geschöpf umschleicht noch knarzende
Dielen

Auf Nimmerwiederkehr abgetrennt vom trauten Heimatwald
Da jenes Idyll war geopfert der schurkischen Gier
So gleicht das junge Reh bisweilen einer bleichen Lichtgestalt
Die Friedsamkeit entrückter Wunderwelt jedoch behagt ihm
sehr

IV

Dort, wo Schreckensrufe und freudiges Gelächter verklangen

Schienen werte Erinnerungen bald im Winde zerstoben

Von der Magie des einst pulsierenden Ortes umfangen

Sind seither drei kleine Schicksale fortwährend verwoben

Persönliche Schätze

Die alte Dame Zeit streift durch unsre Lande
Vermisste Ohrringe glitzern im Sande
Bald von schäumenden Wellen fortgenommen
Dem Takt der Tiden nimmermehr entkommen

Die alte Dame Zeit stapft durch feuchte Sande
Noch blüht manch stilvolle Tulpengirlande
Doch nach rauschendem Feste bei Wein und Brot
Zerrt an bildhübschen Blüten bereits der Tod

Die alte Dame Zeit spaziert durch das Land
Geheime Gedanken zerfallen beim Brand
Ein Tagebuch, unberührt seit hundert Jahren
Weiß selbst die alte Dame nicht zu bewahren

Die Legende vom Krähenwinter

Wenn bei Dämmrung dreizehn pechschwarze Krähen
Furchtlos durch gespenstischen Nebel spähen
Erwacht ein Dorf, ganz verhüllt in weißem Flausch
Wohl nimmermehr aus derart seligem Rausch
Verborgen wie manch schwach schimmernder Opal
So niemand je erreicht das verwunschene Tal

Bewahrt bleibt, was heimische Seelen beglückt
Sanft schlummernd längst der alten Welt entrückt
Da süße Träume ewiglich bestehen
Wird Leben im Schlafe unbemerkt verblühen
Doch die Gefiederten, betagt und gescheit
Hüten das Geheimnis bis zum Ende der Zeit

Dies ist bekannt als mystische Legende
Auf Pergament geschrieben einst zur Winternacht
Und im Lande verweht durch fröstelnde Winde
Bloß die Krähen wissen, ob wahr oder erdacht

Hochzeit der Spinnenkönigin

Die Stadt scheint des Nachts im wilden Fiebertraum
versunken

Bloß ein verwaister Glockenturm trotzt stumm dem Rhythmus
der Zeit

Dort kreieren kleine Weberinnen flink nach
Gutdünken

Der geschätzten Herrin zuliebe zweierlei
Hochzeitskleid

Solch dicht gesponnener Schleier verbirgt ihr menschliches
Gesicht

Als haarige Gehilfinnen gewandt den zarten Leib
vermessen

Drauß' erstrahlt die zweite Braut stolz und mondän im
Mondenlicht

Einstmals Hüterin der Krähen aus dunstumhüllten
Finsternissen

Seit jeher führt die Königin voll Sanftmut jenes
Spinnenreich

All den achtbeinigen Wesen mütterlich stets
zugewandt

Doch bei festlichem Gelöbnis wird im Glockenturm
zugleich

Die inniglich geliebte Braut zur zweiten Herrscherin
ernannt

Ein Geheimnis des Mondes

Einst wanderte ein Geschöpf von imposantem Glanze
Zwischen Mondkratern vor einsamer Sternenkulisse
Frönte dort droben gar schwungvoll manch grazilem Tanze
Doch tief im eignen Herzen schlummerte das Ungewisse

Am Kopf trug jenes Tier ein spiralgeformtes Horn
Schimmernd wie Schmuck aus undenkbar fremder Dimension
Und empfand trotz bittrer Bürde des Alleinseins niemals Zorn
Es hütete bloß schicksalstreu seinen Mondesthron

Falls jemals Irdische erspähten die himmlische Szene
Wurd' solch schöner Traum geschwind aus müden Augen
gerieben
So ist das schneeweiße Ross mit goldgelockter Mähne
Ein unerklärbares Geheimnis des Mondes geblieben

Legende der kosmischen Schlange

Bereits Äonen vor Erweckung der Astronomie
Als Weisheit mitnichten die kosmische Stille störte
Und alle Erdenmacht gigantischen Echsen gebührte
Beseelte Undenkbares des Universums Szenerie

Ein Schlangenwesen von solch irrealer Dimension
Schier rastlos im ewig schimmernden Sternenmeere treibend
Doch ganze Monde sich auf Wanderwegen einverleibend
Schien der Urgalaxis wundersamste Kreation

Dem Weltengefüge, das uns selige Zuflucht einst bot
War jene Sternenschlange vor ungewisser Zeit entschwunden
Um Gemächer der Unendlichkeit fortwährend zu erkunden
Und vielleicht trotzt sie weit draußen noch heute dem Tod

Palast der Frösche

Im tiefsten Teiche, der je von Frohsinn war beseelt
So manch ältere Legende dieser Tage noch erzählt
Lag ein prächtiger Palast einst zwischen Algen verborgen
Den Fröschen lieb als Zufluchtsort ohne Hast und Sorgen
Solch versunkenes Reich, welches allseits Ehrfurcht weckte
Da feinstes Gold jene moosgrünen Mauern bedeckte

Doch lockten innere Gemächer als Begegnungsstätten
Und im Festsaal sangen Unken rührselig Operetten
Fürwahr das feierliche Schlossleben ganz wundersam gedieh
Kleinen Teichwesen gemeinsame Träume gar verlieh
Wo Geselligkeit aber erblühte, war Missgunst nicht weit
Von schier unsichtbarem Feind bedroht schien alle Heiterkeit

Ein Dämon in Gestalt des garstigen Ungeheuers
Einzig beherrscht von Mächten unbezwingbaren Feuers
Ließ das Krötenreich nächtlich erbeben und erschauern
Schlang seine Tentakeln um wehrlose Festungsmauern

Brach alle Türme entzwei, so sanken tausend Trümmer nieder

Jäh entschwand das Heiligtum und weithin hallte Wehmut
wider

Der feige Teichdämon ward seither nimmermehr gesehen

Unvergessen blieb gewiss sein tyrannisches Vergehen

Amphibische Geschwister jedoch pflegten Verbundenheit

Und den Beginn einer neuen versöhnlichen Zeit

Der Wolf und der Mond

Eine graue Gestalt besteigt zu finstrer Stunde
Rastlos den höchsten Hügel jener irdischen Welt
Jüngst verstoßen aus trautem Freundschaftsbunde
Blickt das Geschöpf wehmutsvoll empor zum Himmelszelt

Immerzu voran und nimmermehr zurück
So trabt der Wolf dem lichten Glanz entgegen
Von Sternensand bedeckt ist sein letztes Wegestück
Eh' zum Monde er gelangt, sich ihm anzuschmiegen

Sternbild des Wolfes

Zweihundert Jahre sind nunmehr vergangen
Seitdem ein Wolf mochte zum Monde gelangen
Und Pfade beschritt, die in vergessenen Sphären
Außerhalb der uns vertrauten Zeit fortwähren

Doch Artgenossen ihn bald darauf erspähten droben
Da Myriaden von Sternen in leuchtenden Roben
Dem werten Ankömmling zu Ehren sich stilvoll formierten
Und noch vielen Generationen die Wolfslegende lehrten

Gefüge der Zeit

Im Gestein des höchsten Berggipfels schläft schon seit
Anbeginn
Eine mächtige Glocke, starr umhüllt von archaischem Zinn
Wer jene läutet, so steht's in alten Schriften geschrieben
Wird die natürlichen Grenzen der Erdenzeit verschieben

Entfesselte Epochen würden nahtlos ineinanderfließen
Und grässliches Chaos sich über allem Sein ergießen
Das Relikt aber träumt unentdeckt in düsterer Kammer
So erschallt wohl nie solch grausiges Glockengejammer

Durch dies innere Felsenreich führt bloß ein wirres Labyrinth
In dessen Gängen all die Suchenden einst verendet sind
Damit niemand je den schrillen Klang ewigen Unheils befreit
Wahrt ein schicksalsergebener Berg stets das Gefüge der Zeit

Nacht der belesenen Seelen

In einsamer Stätte von archaischer Architektur
Schlummern Wissen, Wahrheit und Legende nah beisammen
Dort lebt auch, wie einst Phoenix schien erstanden aus
Flammen
Das solch leibhaftige Bildnis einer Märchenfigur

Dies goldgehörnte Ross, im Lichte hellblau schimmernd
Dient dem Bibliothekare wohl nunmehr seit Dekaden
Und frönt in stillen Abendstunden der Lektüre von Balladen
Ein seliges Vergnügen, bloß bisweilen bekümmernd

Nachts dringt es, freudig galoppierend, in die finstren Wälder
vor
Und verteilt manches mit Büchern reich befüllte Säckchen
Des Hornes Glanz verborgen unter stramm verschnürten
Deckchen
Doch seine Blicke schweifen träumerisch zum fernen Mond
empor

Bald schon schwirren die belesenen Elfen in Scharen

Dem irrtümlich als Pferd erkannten Wesen entgegen

Mitternächtlich voll Entzücken ihren Nestern entstiegen

Da magische Seelen gern geistige Wandlung erfahren

Jäh steigt die Waldnymphe hinab vom hohen Birkenthrone

In jenem Trubel ganz allein des schweren Wissens mächtig

Dass dies Einhorn jüngst ist eingekehrt, so unwirklich prächtig

Und bibliothekarisches Geschick ihm innewohne

Stets nach friedvollem Miteinander allen Lebens trachtend

Dankt die Nymphe dem Geschöpf, das ihrem Walde Schätze
brachte

Wodurch wohl schon vor vielen Nächten neues Seelenheil
erwachte

Sein schier hundertjährig währendes Geheimnis jedoch
achtend

Der Bibliothekar ist seines nahen Todes sich gewiss

Und sein Tempel alter Schriften verfällt schleichend dem
Vergessen

Als treuer Hüter fürchtet er, längst gar innerlich zerrissen

Den Anbruch einer literarischen Finsternis

So entsendet jener Greis sein wertes Einhorn auf Reisen

Besondere Bücher in allen Welten zu verstreuen

Wann immer das magische Ross sanfte Herzen mag erfreuen

Formt es seither Bündnisse von Träumenden und Weisen

Rubin des Sonnenlichts

Tief am Waldesboden lag ein blutroter Rubin
Im Erdenreich verwurzelt mit uralten Eichen
An erquicklichen Tagen unsre Sonne ihn beschien
Um die Natur in ihrem Innern auszugleichen

Sobald des Steines Glanz zur Winterzeit verblasste
Entwich das stete Leben still dem Refugium
Doch saß einst die Elster entzückt auf hohem Aste
Und gar flink entriss sie dies funkelnd Heiligtum

Der Diebstahl aber wäre dem Baumgeist nie entgangen
Mühelos fand er ein Nest, das reichlich Kleinod barg
Sprach zur Gefiederten höflich, sie musste nicht bangen
Einzig die Schuld ihr nun jedwede Freude verdarb

So brachte sie verlegen den Sonnenstein wieder
Und trieb erleichtert fort mit dem Abendwind
Seither sank dort nimmermehr eine Elster nieder
Da ihre Nachkommen nicht länger Diebe sind

Der Wanderstein

Je weiter fort sie sich sehnen und hinausgelangen
In ursprünglichen Gefilden allem nah wie fern zu sein
Erspähen Reisende dort, wohin bloß wenige drangen
Den stets geheimnisvoll schimmernden Wanderstein

Von allen wehmütig bewundert, doch niemals entwendet
Da sein göttlicher Glanz menschlichem Geiste Ehrfurcht lehrt
Und Wandersleuten solch funkelnde Glückseligkeit spendet
So überdauert jener tausend heiße Sommer unversehrt

Gleich einem Edelstein im Farbenschein der vier Elemente
Ersucht das mystische Kleinod schier unerforschte Stätten
Und schafft fortwährend gar wundersame Wandermomente
Um unsre Kunst des urkindlichen Staunens zu erretten

Perle der Nacht

In längst entrückter, bloß aus Legenden bekannter Zeit
Schienen die Wälder gebrochen ob tiefer Traurigkeit
Tiere schlummerten unruhig unter dem Sternenzelte
Ein jeder Traum war durchdrungen von klirrender Kälte

So begaben sich schier furchtlose Elfen auf Reisen
Der werten Gemeinschaft höchste Ehre zu erweisen
Grazile Flügel trugen sie zum fernen Monde fort
Denn manch schimmerndes Gestein schlief sanft an jenem Ort

Doch solch kosmischer Fund barg mächtige Magie
Die selbst Traumdämonen ein mildes Gemüt verlieh
Bald auf Erden ward enthüllt des Erzes wahre Pracht
Als von Waldalben geschmiedete Perle der Nacht

Kaum in Obhut graufiedriger Eulen gegeben
Erwachte dies Kleinod zu ungeahntem Leben

Jäh summte es Äonen alte Wiegenlieder
Und Geschöpfe sanken allseits schlafestrunken nieder

Da jene Murmel aus Gestein mit Mondes Stimme sang
Die stets nach Abenddämmerung im Walde drauß' erklang
Schuf sie leidgeplagten Wesen bei Sternenlichterschein
Ein gar seliges Traumreich ohne Finsternis und Pein

Das Erbe einstiger Elfen sorgsam zu verwahren
Oblag dem Eulenbunde nun seit siebenhundert Jahren
So ertönt vielleicht noch heute aus verborgenem Schacht
Manch zärtliches Trällern zur geruhsamen Nacht

Meeresbiest

I. Einsamkeit

Wo gleißendes Sonnenlicht mit wuselnden Wogen im Takte
schwingt

Zehrt das abgeschiedene Eiland von salzig duftender Brise

Doch stets hält eine glitschige Gestalt den unbewohnten Fels
umringt

Scheint beinahe angewurzelt, jener unzähmbare Riese

Das selten gesichtete Wesen von exorbitanter Länge

Verbrachte Jahrhunderte allein in bläulich blassen
Meerestiefen

Lauschte bisweilen bloß dem Echo wehmutsvoller
Walgesänge

Als Geschöpfe des Landes schon ihre ruhmreiche Herrschaft
ausriefen

II. Verbundenheit

So furchtlos er einstmals vor wundersamem Schlangentiere
stand

Schien der einsame Fischer dem magischen Momente ganz
ergeben

Solch stille Freundschaft, die zwei Ungleiche wie
Gleichgesinnte verband

Änderte fern dicht besiedelter Kontinente bald beider Leben

Da Menschen nicht lange in Erdenglückes lichtem Glanz
verweilen

Entschlief der scheue Eremit nach acht geruhsamen Dekaden

Sein großer Freund lernte fürwahr, dass manche Wunden nie
verheilen

Und schützt des Vertrauten Inselreich seither vor jedwedem
Schaden

III. Erlösung

Zeit zerrinnt erbarmungslos inmitten ozeanischer Weiten

Das älteste aller Geschöpfe ist nunmehr der Tiefsee
entschwunden

Wo selige Erinnerungen ihm ein würdiges Grab bereiten

Hat jenes sanfte Meeresbiest wohlverdienten Frieden
gefunden

Zeitenreise einer Lebkuchendame

Einst erschaffen in trauter Familienküche
Jenem Paradies wohliger Gerüche
Ward bei Zimtsterngewimmel zur Wintersnacht
Ihr Gemüt einer Lebkuchendame entfacht

Das Geheimnis derer mit vormals knusprigen Zöpfen
Schien sorgsam verwahrt fortan in Kindesköpfen
Und niemand wagte je, ihren Leib zu verspeisen
Daher durfte sie wundersame Zeiten bereisen

Die marzipanbraunen Augen blieben weit aufgerissen
So gewann besagte Späherin ungeahntes Wissen
Gar fidel am Fenster sitzend, tagein wie tagaus
Vernahm sie jedwede Regung, selbst den Windstoß von
drauß'

Bald bestrich der Lenz dies' Land mit manch farbiger Glasur
Jäh erwachte allseits unsre selige Natur

Die Lebkuchendame lauschte den Vogelgesängen
Bestaunte auch sprunghafte Falter auf sanften Schwingen

Als jener Feuerball des hellen Tags am Himmel glühte
Trugen Menschen Kokosmakronen wie hochfeine Hüte
Aus Bechern naschten Kinder Wattebäusche voll Zuckerguss
Während der Rocksaum unsrer Reisenden bereits zerfloss

Dann fielen bei des Windes beharrlichem Gesäusel
Die Blätter vom Baume wie bunte Schokoladenstreusel
Gefiederte Gesellen schwiegen, ganz entschwunden schon
Den sehnsuchtsvoll verträumten Blicken der Adventskreation

Zu weichem Schneegestöber und Weihnachtsheiterkeit
Saß sie als schöne Zierde erstmals auf grünem Nadelkleid
Doch fortwährend verbarg die süße Lebkuchenfassade
Das im Innern pochende Herz aus Erdbeermarmelade

Heimlich verhext

Wo dörfliches Treiben schien dem nahenden Untergang
geweiht
Ward ein morsches Häuschen schon von wucherndem Efeu
umsponnen
Am Waldesrande selig schlummernd in trauter Einsamkeit
Der ursprünglichen Bestimmung nunmehr endgültig
entronnen

Einmal schlich ein Eindringling zu schlafestrunkener Stunde
Auf leisen Pfoten durch arg verkümmerte Kräuterbeete
So frönte das scheue Geschöpf seiner Entdeckungsrunde
Wobei kühler Nachtwind die zarten Schnurrhaare umwehte

Bald schlüpfte jene Waldeskatz, jäh von Neugierde geleitet
Durch den schmalen Spalt in grün umrankter Eingangstüre
Solch geheimnisträchtige Welt lag drinnen ausgebreitet:
Ein mürbes Schatzkämmerchen voll grell schimmernder
Elixiere

Erbost sah die grausige Gestalt einer furchtlosen Krähe

Vom hohen Gebälk des verrußten Kamines hernieder

Ermahnte den ungebetenen Gast aus gewagter Nähe

Doch glomm kein Lebensfunke mehr unter tiefschwarzem
Gefieder

Da schwang das gleichmütige Raubtier zum Phantome sich
hinauf

Ließ manch magisches Fläschchen beim Sprunge am Boden
zersplittern

Es stahl dem Vogel drei Federn und verschwand baldigst
darauf

Um erst weit draußen zuvor durchlebte Hexerei zu wittern

Insel der Geister

Als das verträumte Firmament schon den rosaroten Schleier
trug

Verkroch die Waldeskatze sich weit drauß' im heimeligen
Nest

Nichtsahnend, wohin sanfter Schlummer solch scheue Seele
jäh verschlug

Dem Tiere nämlich ward entrissen jedes schützende Geäst

Und unverhofft schien es ergriffen von des verhexten Nebels
Sog

Ein schläfriges Fauchen war sein letzter, rasch verklungener
Protest

Jenes Dunstgeflecht enthüllte nach vollbrachter Erdenrotation

Was sich Katzenaugen darbot als trügerische Illusion

Doch samtene Pfötchen erfühlten sogleich den wahrhaft feinen
Sand

Einer toten Insel, die fern diesseitiger Gefilde bestand

Zu flauschigen Ohren drang das Flüstern tausender
Waldeswesen

Wo klirrend kalte Winde um gespenstisch blasse Dünen
bliesen

In sterblicher Gestalt wähnte das Tier sich dort verloren

Schlich bei ewiger Düsternis dem einsamen Ufer entgegen

Denn Sehnsucht nach Lebendigem stärkte seinen Willen zur
Flucht

Es besetzte eine monströse Muschelschale nahe der Bucht

Darin trieb die Katze hinfort und irrte auf stürmischen Wegen

Bis ein Wald am Meeresende zu neuer Heimat war erkoren

Alphabetisches Verzeichnis der Lebewesen

Fabelwesen, außerirdische Lebensformen sowie real nachgewiesene Geschöpfe oder Baumarten wurden in der folgenden Übersicht den Gedichten zugeordnet, in denen sie eine tragende oder untergeordnete Rolle ausfüllen.

Baumgeist: Bibliothek der Eichhörnchen, Die Najade kehrt heim, Geschichten des Waldes, Rubin des Sonnenlichts.

Birke: Nacht der belesenen Seelen, Tanz in den Mai.

Buche: Phänomene vergangener Tage.

Eiche: Bibliothek der Eichhörnchen, Phänomene vergangener Tage, Rubin des Sonnenlichts.

Eichhörnchen: Bibliothek der Eichhörnchen, Tanz in den Mai.

Einhorn: Ein Geheimnis des Mondes, Nacht der belesenen Seelen.

Elfe: Nacht der belesenen Seelen, Perle des Mondes.

Elster: Rubin des Sonnenlichts.

Eule: Gefürchteter der Meere, Perle des Mondes.

Fledermaus: Morgen der Rache.

Frosch: Palast der Frösche.

Fuchs: Phänomene vergangener Tage, Tanz in den Mai.

Glühwürmchen: Tanz in den Mai.

Haifisch: Gefürchteter der Meere.

Karpfen (Koi): Das unendliche Gedicht.

Katze: Drei Schicksale, Heimlich verhext, Insel der Geister, Lionella, Tigerin der Venus, Lokomotive auf Abwegen, Morgen der Rache.

Krähe: Bibliothek der Eichhörnchen, Die Legende vom Krähenwinter, Drei Schicksale, Heimlich verhext, Hochzeit der Spinnenkönigin.

Kröte: Palast der Frösche.

Lebkuchen: Zeitenreise einer Lebkuchendame.

Madame Eitelkeit: Madame E...

Manati (Seekuh): Das unendliche Gedicht.

Mensch (im klassischen Sinne): Der Wanderstein, Die Legende vom Krähenwinter, Drei Schicksale, Ein unerwarteter

Besuch, Entflammte Seele, Gefüge der Zeit, Gefürchteter der Meere, Geschichten des Waldes, Käfig aus Seide, Lokomotive auf Abwegen, Magischer Wintereinbruch, Meeresbiest, Morgen der Rache, Nacht der belesenen Seelen, Phänomene vergangener Tage, Zeitenreise einer Lebkuchendame, Zicklein bei Hofe.

Menschenähnliches Wesen: Alte Dame, Ein unerwarteter Besuch, Hochzeit der Spinnenkönigin, Königin der Venus, Lionella, Tigerin der Venus, Madame E..., Minotaurus in den Sternen, Persönliche Schätze.

Minosianer*innen (Lebewesen des Mondes Minos): Königin der Venus, Minotaurus in den Sternen.

Minotaurus: Königin der Venus, Minotaurus in den Sternen.

Najade (Nymphe der Gewässer): Bibliothek der Eichhörnchen, Die Najade kehrt heim.

Nymphe: Die Najade kehrt heim, Nacht der belesenen Seelen, Nymphe des Waldes, Tanz in den Mai.

Pferd: Morgen der Rache, Zicklein bei Hofe.

Reh: Drei Schicksale.

Schildkröte: Älteste des Inselreiches.

Schlangenwesen: Legende der kosmischen Schlange,

Meeresbiest.

Schmetterling: Entflammte Seele, Königin der Venus, Zeitenreise einer Lebkuchendame.

Seeschlange: Meeresbiest.

Siebenschläfer: Bibliothek der Eichhörnchen.

Spinne: Hochzeit der Spinnenkönigin, Käfig aus Seide, Magischer Wintereinbruch.

Sternenschlange: Legende der kosmischen Schlange.

Stierwesen: Königin der Venus, Minotaurus in den Sternen.

Tannenbaum: Zeitenreise einer Lebkuchendame.

Teichdämon: Palast der Frösche.

Traumdämon: Perle des Mondes.

Unke: Palast der Frösche.

Venusianer*innen (Lebewesen der Venus): Königin der Venus, Lionella, Tigerin der Venus, Vermächtnis einer Hochkultur.

Vogel: Bibliothek der Eichhörnchen, Die Legende vom Krähenwinter, Drei Schicksale, Heimlich verhext, Hochzeit der

Spinnenkönigin, Käfig aus Seide, Perle des Mondes, Phänomene vergangener Tage, Rubin des Sonnenlichts, Zeitenreise einer Lebkuchendame.

Waldalb: Perle des Mondes.

Waldnymphe: Nacht der belesenen Seelen, Nymphe des Waldes, Tanz in den Mai.

Walfisch: Meeresbiest.

Wildkatze: Heimlich verhext, Insel der Geister.

Wolf: Der Wolf und der Mond, Sternbild des Wolfes.

Zeit, alte Dame: Alte Dame, Ein unerwarteter Besuch, Madame E..., Persönliche Schätze.

Ziege: Zicklein bei Hofe.

Die Autorin

Topsy-Sophia Schmitt war stets *Wanderin im Paradiese*, so der Titel ihres späteren Lyrikbandes, und sah sich als solche in der irdischen Natur willkommen geheißen.

Wenngleich sie sich weiterhin kaum vom Gedicht fortzureißen vermag, wendet sie sich nun auch vermehrt prosaischen Texten zu. Aus diesen Bestrebungen ging Ende 2022 schließlich das eBook *Erdbeerchens neun Leben und weitere Katzengeschichten* hervor.

2024 erfolgt nun die Veröffentlichung von *Minotaurus in den Sternen*, womit die Autorin sich abermals der Lyrik verpflichtet. Beruflich arbeitet sie als Bibliothekarin. Weitere Leidenschaften gelten vor allem dem Tanz, der Lektüre und dem Film. Katzen, Spinnen und Schmetterlinge liebt sie über alles.

Zeitfracht Medien GmbH
Ferdinand-Jühlke-Straße 7
99095 Erfurt, Deutschland
produktsicherheit@kolibri360.de